바람의 나그네

박철원 시집

시음사
시사랑음악사랑

시인의 말

숲의 이야기

심장 언저리 무심한 세포는
푸른 생에 유독 절실히 반응하는 탓에
다른 어느 곳에서보다 마음 제대로 피어나니
숲에서 침묵으로 한가로이 살아가고 있는
싱그러운 미소에 이끌려
야생의 그 순수한 늪에 멍하니 빠져
야생의 시로 적어 놓으렵니다
숲 속 이야기는 곧 저의 삶이고 인생인 듯
스며든 인연이라면
속에서 푸른 향이 피어날 수 있으랴

감히, 제가 바람이 된 듯 자위하니
인간의 고독은 굳이 그대에게 보여줄 수 없어
내심 스스로의 품에 묻고서
숲 속 생명의 찬연한 순수 고독 만나보니
나의 생인 것만도 같아
이렇게 글로써 미흡하나마 표현하니
흠모하는 마음에 너무 치우쳐
숲의 순수 기품과 생명의 귀한 움직임 적절히
표현해내지 못하여
그들 생에 참 아쉬울 따름

시인 **박철원**

* 목차

봄 이야기

여름 이야기

* 목차

가을 이야기

겨울 이야기

봄 이야기

바람과 물의 도

마음 비운다는 뜻은
바람이 가진 의미이기도 해

일찍이 자신마저 비워버린 탓에
무아, 무심의 수행 끝에

마음 내려놓는다는 뜻은
물이 가진 의미이라

일찍이 비가 되고 물이 되기를
천 년 하심의 수행 끝에

봄의 세포

죽음보다
더 깊은 곳에서
꿈틀거리고 있는 생명력

죽음
그 너머에서 미소 짓는
새로운 순수 세포

지금 피어날 때
천년 기다린 인연이여
숨 쉴 때

사라져 갔던 생명의 뒤꼍
내 생의 처음처럼
뉘 오시네

입춘

세상의 대지에 햇살이 가득히

인간의 가슴에 사랑이 가득히

소외된 생명에 따뜻함 가득히

바람의 가슴에 신선함 가득히

빈 가슴 터에, 뉘 오셔

사랑이라는 것이
긴 침묵의 추위 지나
어느 봄날 야생화 한 송이 피어나듯
그런 뜻이라 어렴풋이 짐작하니

차가운 땅속
뿌리부터 내면의 모든 세포 모아
화려한 생명의 꽃술 잎과 향
세상에 피워내는 여린 정

그러다 그러하다
이름 모를 날
아무런 언질도 없이 떠나 버리지
하늘이 암흑으로 변하는 순간이었다

사랑은, 꽃 지는 것
어느 가슴속에 향 피우며 살다
일생에 그만의 인연이 사라지는 것
다시 필 뒷자리 남겨 놓은 채

사철 내내
생명은 이렇듯 임 품으며 살지
가슴 가득히 꽃술 향에 취해 있는 중
서로 꽃과 나비 되어

봄의 길목에서

요란하고 소란스럽다
비가 오나 바람이 불어오나
사람이 사는 곳에선

해가 뜨면 눈만 뜨면
모두들 열심히 하고는 있으나
당최 무엇을 하고 있는지

숲의 생은 제 터전에서
푸른 향 피워 치유하고 있네
세상의 묵은 아픔을

자각

꽃 향처럼 푸름처럼 세상에 배려하지 못했고
햇살처럼 줄곧 따스하지도 못하였다
비처럼 목마름에 도움 주지 못하였으니
풀잎 맺힌 이슬처럼 신선함 주지 못하였고
바람처럼 세상 포용하지 못하였네

숲에선 아무 생각도 없이 제 갈 길 가고 있으나
주위에 참 도움만 주는 무위의 뜻이니
마치, 함께한 배려에 감사로 갚는 것처럼
존재한다는 뜻은 서로와 어우름이네
내 삶 살면서도 주위에 향 피워 드렸는지, 참

바람의 빈 뜰

생에 무슨 뜻 일어날 때마다

지팡이가 되어준 기운은

숲 어디서나 불어오는 바람이었다

속으로 잘 받아들여지는 이유

다만 청초하여 연한 포옹이었다

그를 거듭해 자주 품어봐도

빈 가슴 푸근하여 가볍기만 했으니

바람의 손을 잡고 기대어

그 무엇도 가지지 않은 빈 뜻에

무심한 마음 한가롭기만

혼은 육신의 손 잡고서

길을 나서고 있다
아무것도 챙기지 않은 채
그리운 마음 하나만 보듬고는
기척을 만나러 가네
명확히 그리운 실체가 있는 것은 아니다
가슴으로 느끼는 환영의 그리움처럼
어쩌면 생명일 수도 있겠다
아침 햇살 받아 피어나는 안개인지
고요히 흐르는 강물의 풍경일 수도 있겠다

오랫동안 점점 비워져 있었던 몸 안쪽
영혼이 반기는 무언가를
두어야 할 것 같은
그러하다
때로는 허전을 느끼는 때가 있겠지 싶다
먹고 싶지 않아 자주 굶은 식성처럼
이제야 문득
그리움이 먹고 싶은 거다
물처럼 고이 넘겨 속에다 두고 싶었는지

부드러운 내면에서
가만히 서로 마주했으면 좋겠다
마른 터에 내리는 비처럼 스며들듯이
야생을 만나러 왔는지 모른다
저만치서부터 봄의 온기가 다가와
강물이 흐르는 곳에서 내면의 숨결이 인다
무작정 떠난 것처럼
무작정 만나는 것이 그리움이다
비워진 마음의 갈증에서

1919 · 3 · 1

먼 예전
그대 흘린 눈물처럼
두 손 불끈 쥐고 외쳤던 이날에
묵은 비로 내린다

임께서 흘렸던 순고한 피는
오늘의 봄날
생명의 비가 되어
고이 내려오는 것이겠거니

신음소리 남겨진 땅
곳곳에 아름다운 꽃 피고 있다
그대 숨결로 인해
정의의 꽃

고독으로부터의 자유

한밤의 터널 지나
새벽빛 받으며
계곡으로 지나던 바람의 숨결에서
갓 피어난 향이 나는구려

어디선가
알몸이 피어나고 있음이야
잠자듯 침묵의 내면 깊이에서
벌거숭이 순수 향으로

묵혀진 내음
새콤한 맛이렸다
장독을 열어 아지랑이 피어오르듯
계절마다 겹겹이 지나온 숨

잠시 잊은 듯 묻어두었던 씨앗
너의 향 맡으니
적막의 늪에서 깨어나네
여린 감성의 세포는

숨

바람이 뺨 스칠 때
생의 시간은 절정이다

아직 오지 않은 바람이란
존재마저 알 수 없다

사라져간 바람은
이미 바람이 아니다

오직 이 순간의 바람만이
나의 숨결이 된다

4월의 목련

미친 생이라 하는가
그러하리다, 미치지 않고서야
어찌 이토록 감미로운 향 피울 수 있으랴
오롯이 느껴지는 모두 순수뿐이니
하얀 눈의 순수, 옛 낙엽의 꿈, 품에 안았으리라
오랜 인고의 시간 속, 꿈틀거리는 생의 뿌리
어찌 쉬이 나타낼 수 있으랴

황망하기 이를 데 없으오
실오라기 살짝 아니 걸치려는지
매끄러운 피부 차마 스치지도 못할
유혹의 몸매 바람에 휘청이며
오긋한 붉은 입술 오므렸다 폈다 할 때마다
감칠맛 나는 유혹의 향에 미쳐
오가는 어느 생이 힐끔거린다 할지언정
가다 뒤돌아서는 나비인들 탓하랴
고고하여 차마 섹시함 가꾸어진 치명적인 순수 향
마음껏 피워보려무나
이 땅에 문득 아픔만이 아니라는 명확한 뜻은
그대가 피워있다는 것일 게야
너 없었다면 치유되지 않아 되돌아가는 생 많았으리다

바람결에 살랑이며 몸서리치는 춤사위로 혹하여
임과의 은은한 시간 뒤로하여
설령 나비, 그대 만족케 하고 난 뒤
날지도 못해 다른 꽃 앉지 못할지언정
그대여 부디
한번 세상에 태어났다 하나
한 번의 사랑으로 생 끝나지 마시기요
수많은 생명 이 땅에 온다 하나
꽃이여, 오직 살아 숨 쉬는 이 순간뿐이라네
임과의 마주하는 절대적 감미로움이여
이 또한, 바로 생이어서
우아하여 미치도록 사랑하다 한껏 침묵해도 좋으오
한밤에 찾아온 바람과의 밀회는 어떠하오
새벽녘 이슬과의 키스로 목축이며
살아있음을 맛보오

생이 지극하듯, 사랑 또한 지극한 까닭에
사랑이 곧, 생이 아니려나
야성의 포옹에 뉘 탓할 수 있으랴
그대 헌신의 눈물겨운 사랑으로 인하여
세상에 향은 짙어져서 삶의 색은 밝게 빛나니
자연 생명 모두 어우름의 한 부분이니
못내 즐겨, 자유의 몸짓으로

빚

햇살 좋고
바람은 불어오고
비도 오곤 해

이 정도면 충분하다

따로이
도움이라고
받지 않기로 하네

어차피 생의 빚이다

마음껏
배려하기로 하자
모든 존재에

빚진 게 있을 테니까

自由, 그 너머

자유가 자유로우면 무질서
자신이나 주위로

바람마저 완전 자유롭지 않거늘
自我, 다시금 일깨우며

놓쳐 버린 생의 시간

그때는 정말 몰랐습니다

무심한 채 마주하였던 옛 세상의 삶의 터
나를 살게 해 준 도움의 배려인 줄

가슴 깊이 안겨 왔던 그날의 짜릿한 사랑이
다시는 소름 돋을 수 없는 감정인 줄

너무 많아 아껴 쓰지 못했던 젊은 혈기가
꽃이 피는 생에 최고의 순간인 줄

마주 오는 어떠한 인연에 더 겸허히 할 것을
심장 터질 듯 아파 눈물 흘려도 될 것을

영화 필름처럼 새로이 촬영해 붙일 수 없는 생
순간순간 장면이 지난 뒤 아쉬운 흔적

곳곳에 행복인 줄 제대로 못 느끼고 떠난
온 가슴으로 환희하지 못하고 보내 버린 시간

꽃피고 바람 부는 날, 껴안은 이 소중함도
훗날 설마 제대로 못 느꼈다 할까요

붉은 석양 짙어지니 지난 세월을 탓하랴
남아있는 미지의 날 먼동이 터

옛 시간은 떨어진 낙엽 속에 묻히고
어렴풋이 먼 기억으로나 소환할 수 있다네

살아있다는 때는, 매 순간뿐

나그네 넉넉한 길

가던 길 잃었을 때는
산으로 갔다
가슴이 찾은 완벽한 길이었다
다시는 길 잃지 않았다

마음 잃었을 때는
숲으로 갔다
그들 생명에서 순수의 정 얻었다
상처에 마구 스며들었다

어떤 바램이라는 것도
뜬구름과 같으니
숲속에서는
그저 한가하여 무심히 흐를 뿐

어떤 의미

모조리 비워낼 수 없었다면
바람이 될 수 없었을 터
이 땅이 생긴 이후에

어디선가에서도
날개를 펼칠 수 없었으리
숨결마저 비워 내었던 까닭으로

삶의 의미란
애초부터 있지 않았을 것이야
형체 놓아 버릴 수 있어서

굳이 바람 되려 한다면
생의 의미란 대체 무엇이랴
모두 비워야 알 수 있을 것 같은

봄의 애기

순수는
참
이뻐

살포시
내미는 연둣빛
잎이여

세상의 처음이었어
모든
숲의 시작이

그대
이 공간 속
어떻게 지낼 것인지

숲은
너를 위해 많이
준비해 뒀어

순수는
기뻐
입맞춤하기

산봉우리와 계곡의 미

우뚝 선 산맥, 무엇을 위해 그리도 불쑥 솟았는가
한 번의 쓰러짐도 없이 품위도 당당하게
주위에 수많은 초목의 절대 추종자를 거느리며
천만년 영원히 스스로를 곧추세워 쓰러지지 않을 듯
하늘이 양의 기운 품은 사실, 산의 기억은 뚜렷해
끝내 위쪽의 양기 받아 굳게 드세어질 기세야
보여지는 곳 울퉁불퉁 거친 듯 매끄럽기도 하지만
내면 속에는 생명의 원천 수로를 두면서도
세상의 무엇이 이 단단함이여, 못 본 체할 수 있으랴
가히 생명의 기둥으로 천하무적이 아닌가 하네
하지만 웅장한 그도 외로움이 있는지
한밤중에는 바람과 어울려 윙윙, 짝을 부르듯 소리 내며
연인 찾는 듯 주위의 친구 마구 부르곤 하네
곧추선 곳 내면의 물줄기 언제나 힘차게 흐르고 있어도
생명 이루는 샘물의 원천 막힘이 없으나
밤낮없이 우뚝 선 그대 양기만으로 조화가 이루어지지 않아
세상에 존재하는 나름의 많은 생명이 그러하듯이
화려함으로 치장하여 서로의 마음 사로잡으려
울긋불긋 가을의 정취와 운치의 모습으로
아마도 조신한 음의 기 유혹하지 않았을까요
그 암컷이라는 물길이 계곡에 조용히 흐르고 있으나
둘 다 침묵해 있으니 감지만 할 뿐이네
하지만 봄이 오면 곳곳은 애기 생명들 탄생하겠지
그때쯤 진실의 향기도 같이 피어나려니
산 기둥, 진정의 뜻으로 거침없이 서 있는 그대는
씨앗 품은 사내

계곡은 음의 기운 포용하여 있다 하였던가
움푹 팬 웅덩이에는 언제부터인가 습기를 채우고 있어
숲의 생명 가꾸려 생명수 저장하는 천년의 열정인가
산봉우리는 곧추세우지 않으면 그 가치 잃지만
대지는 산의 내면에서 흐르는 양기 받아들여
곳곳의 많은 생명 품어 주려 거침없이 안으로 받아들이니
큰 산봉우리 사이로 흐르는 순수의 깊은 계곡에는
언제나 촉촉한 습기 머금은 채 고여 흐르네
산등성이 양기의 기운은 흘러 흘러 음기로 변하여
어떠하든 그곳으로 흐르면 강한 음기의 호수에 잠겨버리는
가히 모든 생명을 안은 엄니의 품이 아니던가
계곡 밑 둔덕 사이 호수 주위에는 부드럽고
짙은 수풀들이 음수의 습기 마시며 살아가고 있고
보이지 않는 호수 안에는 쉬이 알 수 없는
또 다른 어떠한 생명을 잉태하고 있는지 모르는 일
숲의 세상 음과 양은 서로를 그리워하게 되니
조신한 음기도 깊은 밤 산봉우리 부름에 물결 울렁이네
안개는 가끔 산등성이와 계곡 감싸 안으며
은근한 사랑 몰입 할 수 있는 순간 제공하여 주지
산봉우리의 웅장함과 계곡과 호수의 오묘한 생리는
자연의 생명 고이 수만 년 이끄는 생명의 터
숲속의 위대함은 생이 어울려 평화의 터 이루어지는 것
순하디순한 감성과 여린 생 서로 보듬으며
거친 듯 야생 아낌없이 보여주는 음과 양의 조화
자연의 수많은 생 잉태시키는 엄니 사랑
숲의 자궁, 호수

마지막 숙제

뿌리는
이미
땅에 심어졌고

날개는
새벽
창공에 펼쳐져 있어

마음만
이제
바람이면 된다

여름 이야기

바람의 나그네

나그네
봇짐 가벼이 메고
시냇물 흐르는 작은 언덕 너머로
정처 없이 가는 길에

멀리서 그림자 기척이 있네
아, 길 나그네이려나
바위 위에 떡하니 앉아
차 한잔 드시는 폼이 예사롭지 않으니

그이도 이 몸이 나그네인 줄 아시네
화려하지 않은 고운 자태로
차 한잔 권하시니
마음이 움직여지는구나

그려, 저도
봇짐을 풀어 곡주 한 잔 드리니
허허허, 이러히 쉬운 일이 아닐진대
둘이 죽이 좀 맞네

시냇물 소리와 꽃향기에
이미 한가한 마음
숲에 가만히 두어 하니
우리가 풀잎이 되고 꽃이 되는 듯해

그대여, 어차피
이 세상에 원할 것이 없으니
홀가분하여 자유로우니
비운 마음마저 무거울 지경이오

불어오는 바람결에 혼을 실어
마음이 움직여지는 대로 냇물처럼 흘러
푸근한 자연 속에서
생의 모습 더 알아보려오

그대는 태양이 뜨는 곳으로
나그네는 석양이 지는 곳으로부터
바쁠 것 없이
느긋이 길 떠나 보세나

생의 빛

부모님은
나를
이 땅에 오게 하셨고

자연은
나의
영원한 스승이시고

삶은
내 주위
변만 뿌려 놓았어

암컷은
내 속
묵은 한의 숙제이고

죽음은
내 생
마지막 가르침이네

바람의 혼

고독은
바람의 끝사랑

자유는
바람의 친구일세

바람의 속에는
자유와 고독이 숨 쉬네

고독해서 자유롭고
자유로워서 고독하노니

하늘 아래
바람으로 살리지

자연 숲속
바람의 나그네

아버지와 아들

어릴 적 집에서 한지를 언제나 볼 수 있었지
아버지는 집에만 계시면 큰 한지를
알맞게 자르시어 얇은 책자를 만드시었지
동사무소에 근무하시던 아버님은
약주 하시지 않은 날은 언제나 글을 쓰시었네
방바닥에 한지 펴서 자세를 가다듬으며
눈 잠시 감으시어 무사의 마음 갖추시는 듯

만드신 책자에 붓글씨 참으로 곱게 쓰셨는데
국민학생 아들은 아버님 곁에 앉아
벼루에 먹을 부드럽게 고이 가는 것이 일이고
가만히 붓글씨 쓰시는 아버님 글 보니까
바람 소리 물소리 이러한 글이었는데
후에 생각하니 자연의 모습을 적은 시 인지라
아버님은 조선 시대에 계셔야 할 분이라 생각도

야튼. 시처럼 쓰셔서 책자로 만들은 후에는
아버님은 지인들께 선물로 나눠 주셨는데
인기가 좋으셨는지 약주 자주 드셨네
아침이면 막내아들 할 일이 또 하나 있었는데
조그만 노란 양은주전자 들고서
뿌연 막걸리 사러 아버님 심부름이었으니
나는 지금도 아버님께서 드시던 곡주 좋아하네

그립고 그리운 아버지 멀리 계신 분
일본전쟁과 6. 25를 직접 겪어 한이 많은 분
제가 성인이 되기 전에 돌아가시어서
아버님께 아무것도 해드리지 못하였으니
아쉬운 부자지간의 세월입니다
가끔 아버님보다 더 나이 든 제가 잘못인 듯
결국 죄송하여 가슴 저린 불효입니다

젖가슴

하늘보다 낮은 곳
땅의 바로 위
그곳에

태양보다 뜨겁고
바다보다 깊은
높은 산 샘물보다 순수한

봉긋 젖가슴

영원한 고향이자 아쉬움
영원한 그리움이며 평화의 안식처

아파, 이 마음 어쩔 수 없을 때
슬퍼, 어딘지 쉴 곳이 있었으면
무엇이라도 안고 싶어 바람인들 안을 때면

왜, 유독 눈물이 날 때는
엄니, 가슴에 절실해 안기고픈 걸까요

참으로 어린 날
깊은 밤 엄마 품에 안겨
부드러운 젖가슴
자그만 손으로 만져 하는 풍요
한 모금에 스르르 꿈속으로

심장이 허락하여 주는 젖
사랑하는 이에만 허락하는 젖줄
그 깊은 가슴 품에 마음 묻어 두고만 싶은

저의 사랑
자식에게 주고 난 뒤
마음 깊이에서
엄니의 젖이 그리웁네요

생명이 숨 쉬고 있는 젖가슴
숭고한 생의 이어짐
수컷의 정액,
그보다,
더 강한 암컷의 생명수!

바람이 흐르는 곳

세상
모두를
사랑하기 위해

바람은
그토록
외로웠어야 했다

자연 숲
곳곳
품어서 하기 위해

바람 속
늘
비워야만 했지

하여
그렇게도
자유로워했나 봐

빈 가슴
날개도 없이
바람 그리운 숲으로

사랑에 대한 용서

오직 한 마음
다 한 것으로 되었으니
이제 다 잊었노라

어느 바람 부는 날
그리움으로 찾아와서
마음의 날개 위에 앉지 마오

비 오는 거리
한 잔 술 놓이는 탁자 앞에
그리움아, 마주해 술잔 들지마

지는 꽃잎
옛 추억 되살려
꽃 피우려 하지 마오

그토록
아름다웠던 마음의 정
향으로 남기를

헤아릴 수 없는 날
숨이 멎을 듯 아팠던 그 후로
사랑, 널 용서 하노라

겸허

바람이 불어오면
흔들리면서도 나 지키려
몸의 뼈대가 있듯이

생의 흐름 속에
홀로의 숨결 넉넉히 지키려
마음 뼈대 있었던 탓

여태 높았구나
왜, 바람이 모두 다 비웠더냐
풀잎의 한가로운 춤 선

몸과 마음 낮추니
세상 모두 나에 도움이라
자연히 숙여진 하심

바람의 사랑

사랑이라 끝끝내 흐르는 것이지
멈추다
흘러가다 하는
의식적인 것 아니었다

숨 쉬는 것처럼

자칫 사랑이라는 것은
자신 위한 마음이 되어 버리기에
비 내리는
뜻에

바람 흐르는 것처럼

회상

새벽녘에 첫눈이 내렸지
뽀얀 생의 꿈들이 내려앉았다
하나 둘, 선물의 배려처럼 오시었다
첫눈은 마구 주시지는 않아
이내 여러 꿈은 녹아서
냇물이 되고 강물 되어 어디론가 향했다
흐르는 물길은 여러 번 만남과 이별도 했었지
어느 길에서도 홀로는 흐를 수 없었다
둘이 되기를 작정한 것처럼
포옹이 마치 살아가는 일인 것처럼
먼 곳으로 흘러가며 나마저 잊은 듯이
바다의 사랑에 묻혀 버린 지금
이제 그곳에서는 꿈이었던 하얀 눈 찾을 수 없다
다만 근근이 기억으로 더듬을 뿐이다
생이 주는 기쁜 인식으로만 만족하는 상태다
땅에 내려선 흰 꿈들은
물길의 흐름 속 어느 색으로 덧입혀졌을까
땀과 눈물에 젖어 짠맛이 날까
황홀한 여로에 미소 짓는가
기나긴 나그네 길에 서서 어느 때는 멍하였다
무슨 일이 있었는지 까마득하다
세상의 모두는 그런듯하다
모든 것 다 잊었어도
남아있던 순수는 있었나 보다
어느 몹시 따스한 날 아침 안개가 되어
잊어버린 꿈은 하늘 쪽으로 오르며
다시 꾸는 하얀 눈이 되려 해

고독이라는 짐승

나만이 알 수 있는 가슴 안쪽 어느
깊은 곳에서부터 스멀거리는 이 정체는
여전히 자주 불편하면서
가끔은 한 번씩 속 뒤집혀 놓는
고독이란 단어로 표현되는 무엇인가 그대

그는 애초 온전히 나의 것인 듯
어찌 생각건대 생명의 본질인 것 같아서
나무랄 수도 없는 관계이라
달래줄 의무마저 나에 있는 듯하여
토닥이며 난감하기만

다른 생의 사랑으로 황홀할 수 있음에도
붉은 가슴 곁 또 하나의 붉은 가슴이
어차피 만나지 못한 까닭에
없는 사랑보다 가까이 있는 쓰디쓴 묘한 고독
홀로 생명이 타고난 영원의 한계

스스로 책임질 수밖에 없는
가슴이 표현한 홀로의 공허는 나만의 것
나를 지킬 수 있음은 결국 포용이라
고독을 배려하는 가치는
숨 막힐 듯 살아있는 생의 진중함

생명의 근본이 부여한 절대적 가치의 고독
그로서 살아있는 이유는
숨이 끝나는 날 자연히 소멸되겠지
사랑이 한결같이 지속될 수 없음과 같이
고독 또한 미소와 교차할 터

담백한 진실

총알은
방아쇠 당기면
바로 직진해
목표물에 당도한다

화살은
활시위 떠나면
휘청이면서도 그대로
과녁 통과해

사랑은
심장에서 떠나
그대 가슴 뜨락에서
꽃으로 피어

자유의 언덕 너머

나비가 꽃에 집착하지 않으니
자연의 사랑은 유연하다

하루살이가 시간에 집착하지 않으니
어제와 내일이라는 시간은
이 땅의 누구에게도 들은 바 없다

구름이 형태에 집착하지 않으니
제 그림에 스스로 한가로워

자신의 형체마저도 버리고만 바람은
의식마저 가지지 않아서
자유로워도 자유인 줄 모른다

자연의 배려

빛은 세상의 곳곳으로 비치지 않은 적 없었고
어둠 또한 잠시 적막으로 감돌게 하였다
비는 목마른 이의 가슴 속 축여주지 않은 적 없었으니
지상에 존재하는 생이라면
무한 혜택 받지 않고 산 생명 없지 않겠는지
그렇게 열심히 살다 가신 오래전의 생에도
어느 누구에게나 지극히 공평하였다
지상의 낙원처럼
생명 갖지 않은 많은 그들에게도 아낌없었으니

사계절 내내 꽃은 피어 그들 없었으면 어떠했을지
푸른 순수에 생명의 존귀함 느껴지니
하얀 눈은 아팠던 세상에 포근히 안아주며
별빛은 세상 우아한 꿈의 자리다

굳이 욕심부리지 않아도 좋을 배려의 사랑에
불안 없이 예측 가능한 자연이 주시는 혜택으로
이렇게 생이 살아갈 여건 충분하였다
욕심 없다면 자연의 힘 보태어 세상의 모두
사랑해도 좋겠다며 뜨거운 심장마저 갖췄으니
이 세상 속에서 의미대로 사랑하며 살아갈 수 없다면
나의 탓
폐부 깊숙이 숨 들이마서 사시라 허구한 날
바람마저 불어 주지 않는가

능소화 연정

그리운 마음에는
세월마저 비켜 가는구나

스스로 어쩌지 못하는 연의 줄기
그대만이 해결할 수 있는

사는 이유라고 한 가닥 위로에
한계라고 없는 기나긴 여정의 몹쓸 정

숨이 다하도록 끊어낼 수 없는 기억
다시금 만나 볼 수 없을 듯이

그대 모습은 먼 하늘로 가셨거나
시침 뗀 곳에 계실 터라

그리움에는 피가 묻어 있다
붉은 애가 탄다

생과 사의 흐름

죽음으로 맺음은
긴 여정의 아름다운 끝이었다
누군가 보든 아니 보든 홀로의 생이나
주위의 도움으로 잘 즐기다 가니
더 이상 남은 숨결이 없어
이보다 더 확실한 인과의 마무리는 없다
더는 남을 이유 여실히 없음은
세상 모두에 주어진 공평한 이치라서
숨 쉬다 숨 멈춘 뜻으로
생이 태어나 할 바는 다했다
비로소 무가 되었다

생의 탄생으로
기나긴 숲 속의 역사 늘 이루어지듯
이 땅에 죽어가신 많은 이의 양분 마시고
그들만의 무언의 유전자 받아
씨앗은 순수 이으려 해
나를 사는 길이 함께 어우러 사는
이보다 더 확실한 인과의 출발은 없겠다
자연 속 하나이나 내가 또한 자연이니
사랑은 생명에 대한 예의지
주어진 여건으로도 바램은 없어
순수 향 깊게 피우려 해

의식 없음

창가에 방문하는 옅은 햇살
휴일 아침 침대 속 홀로의 숨소리

무심하게 흐르는 음의 파장
넉넉히 누운 심신에 의식은 사치

장미의 사랑

아직도 네 속의 유전자는 여전하니
먼 길 돌아서 이제 오셨구나
한결같은 그 열정은 사랑이 아니고서야
어떻게 이해하면 좋으냐
당신만을 위해서 살아왔다면
이토록 끝없이 붉게 피어나지는 못 하였을 터
단연 사랑이리다
그대 속에 품어 있는 뜨거움의 본질은
뿌리마저 붉지 않을 것인가
그대 자신 밑바닥에서 끓어오르는 열정은 글쎄
당최 어찌할 수가 없어서
이렇듯 불덩이처럼 화려하게 표현하는지
세상 누구를 유혹하시려는 심정인지
못 잊은 그 님 찾아서 피어났나요
입맞춤 그리워 어찌 삼백예순날 고이 참았더냐
붉은 입술에 피가 떨어질 지경이야
곱게 단장하여 화려한 외출에
풀잎과 바위와 나무마저 바짝 긴장하네
바람에 휘청이며 요사스런 몸짓에
향기마저 품어 진동하니
요즘 한창 뜨고 있는 장미라는 색시라더니
무슨 저리 뜨겁다냐

가시는 어찌 몸에 새겨 두었는지
못다 이룬 사랑의 열정이 가시로 변했더냐
오직 사랑하는 님에게만 허용하는
정조의 표시란 뜻인지
상대의 심장 찔러 붉은 피를 드시겠다는 건지
요상하기도 하지
세상으로 향기는 풍겨 두었으니
임이 오지 않겠는가 멀리부터서 오고 계시겠지
임을 보지 못하면 새로 태어날 수 없어
다시는 사랑할 수 있는 자격이 없는 것이야
과감한 자세로 야릇한 몸짓으로
혹하며 정신 잃을 수 있는 향으로 유혹해야 해
오직 삶과 사랑의 요건이야
절대 기대 저버리면 아니 되는 역사이니
깊은 사랑 이루어야 해
유월의 햇살과 비와 바람도 참 좋구나
하늘 아래 푸르른 기운 받으며 화합하기 좋은 날
이미 촉촉하고 달콤하고 끈적한
사랑의 액체는 충분히 준비하여 두었어
소중한 곳의 겹 입술 하나 둘 넓게 펼쳐 두었어
임께서 편히 접촉할 수 있도록
우선 그의 입김을 서둘지 않고 조용히 맡아
그의 귀중한 심벌 받아들이는 거야
깊고 긴 흡입의 자세 후
열정의 액체와 체취를 그의 몸에 묻히리라
날개가 바르르 떨리도록 품어 드리리
나에게 사랑 주신 대가로 충분히

이제 잊어야겠지
그와의 깊은 사랑 뒤로한 채
또 다른 사랑 위해 천천히 준비해둬야 해
모성이 이루어가는 세계는
뜨겁고 진한 사랑이 필요한 까닭에
한 세상 피어 행복한 기분으로
숨 가쁜 사랑 이어가면서 살아갈 것이야
이 한 꽃의 숨결이 다하여 끝내 떨어질 때까지
가슴 깊숙이 그대의 정 인식할 것이야
쾌락이라고 하지 않을 테야
어미가 자연의 섭리대로 유전자 남기기 위해서는
열정의 우아한 사랑이 필요한 이유야
이 몸에 꿀의 즙이 말라버릴 때까지 사랑하리다
줄곧 훗날을 위해서 피어 있으리다
달빛 아래에서도 우아한 자세 잃지 않으리다
맑고 진한 향 품어내리다
나 위해서 자연의 건강한 후손 위해서
이 세상에 향기 피워 더 아름답게 꾸미리다
더욱 바람의 신선한 열정으로 인해
향은 더 짙게 색은 더 붉게 더 우아하게
여태껏 살아있어 참 좋았노라
떠나기 아쉬운 곳, 너무도 좋은 세상

올인

그 꽃은 꺾지 마
향기만 맡아

나비도 앉지 마라
하고 싶지만

마땅히 향 피어나는
너 생명이 솟는 열정에

그래 아프냐
숨쉬기 곤란하면

그럴 바에는
나의 여인 돼줘

하루살이의 꿈

오래도록 보아오며
작은 심장 떨리게 했던
이 멋진 자연 모습만으로도
생의 느낌은 충분했다

가녀린 날개 속으로
붉은 저녁노을 비춰줄 때
스스로 우아했다
이 땅에서 숨 쉬었다니

바랄 것은 없었다
자연 세상이 풍족한 배려 있어
욕심이라면 죄이듯이
삶의 의지만으로 좋았다

떠나기에 앞서
하나의 아쉬움이라 한다면
더 사랑할 무엇이
있지 않았겠나 그러죠

비 오는 날에 태어나지 않아
날개를 달은 탓에
강변을 자유로이 날아
감사한 행운의 순간

한 조각의 붉은 마음 (一片丹心)

쉼 없는 파고
무심한 듯, 나를 넘어

끝내
그대 향한 시선

비는 내리고 바람은 불고

시는 가슴에서 품어내는 숨결과도 같아

가슴에 주옥같은 시를 쓴다

자연 스스로가 변화하는 모습으로

그제는 꽃이 피었고

어제는 바람이 먼 계곡으로부터 스며 오셨지

오늘은 비가 목마른 생명 적시고 있다

자연의 야생 시는 곧 자연스러움의 필치다

거짓 없이 펼쳐지는 순수의 표현이다

누군가 봐주기를 바라지 않은 채

깊은 밑바닥에서 핀 순수 고독의 맑음으로부터

자연스러운 자유의 흐름이다

그들의 시가 쓰여진 자리에는 여린 싹이 나

비는 한참 더 오려나 보다

바람도 비와 어울려 밤을 새려나 보다

계속 그들이 펼치는 시를 감상해야 하련지

나의 깊은 고독에서도 느낌이 올까

시는 밤새워 쓰려나 봐

이끌림 그 후

언제 사랑이라고
하려 했더냐

꽃은 향 피우니
나비는 찾아들었을 뿐

그 깊고 막막한 늪에
인연의 오묘함 알기 전까지

언제 이별이라고
하려 했더냐

꽃과 나비의 시절이
이제 다했을 뿐

누가, 이 비를 맞으랴

아직 이 땅에 오지 못한 이는
이 빗물 맞을 수 없으니

예전에 스쳐 지나가신 분
이미 듬뿍 맞으셨다

내리는 비를 맛볼 수 있는 자격
땅 위, 지금 숨 쉬고 있는가

보낸 맘 아니었어

꽤 오랫동안
모습 그리지 못했고

미칠 그때처럼
생각나지는 않았으나

계절 따라 씨앗이 움트듯
문득 떠올랐다

죽지 않는가 봐
한번 가슴에 든 정은

맨날 취한 채

그제는 살아있다는 기쁨에 한잔

어제는 비에 속 적셔 한잔

오늘은 세상사 무심한 뜻에 한잔으로

내일은 없는 임 그리면서 한잔

모래는 ....

이러다 꽃 향에 언제 취하겠는지

윤회(輪廻)

머나먼 예전, 어릴 적에
바람에게서 들었다

바랜 잎이 떨어져 휘날리다
어느 곳에 누웠다고

어제 바람의 새로운 귀띔
낙엽이 썩힌 바위 곁

자그마한 꽃이 피었다 하네
낙엽의 자식이라 하네

뜨거운 동거

한방에 지낸 지가 얼마이더냐
원하든 아니하든
숙명이 짝지어준 그와 그

하나는 실오라기 없이 벌거벗은 채
하나는 단단히 옷 싸매 입고

참 희한한 동거생활
서로 부딪혀 살며 열기도 없나 보다
누군들 알겠으랴
그 내막 상세히 알기 전까지는

이제 비밀의 방이 열렸다
비로소 그들의 진면목을 보았네
적나라히 벗겨진 모습

오랫동안 기다려 참아왔던 포옹이여
서로의 몸속으로
서로 핏속으로 순식간 스민다
펄펄 끓는 뜨거운 물속에서 미친 듯

환장한다
괴성을 지르며 껴안고 뒹굴며
뒤섞여 난리법석이다

사랑하기 전까지는
아마 영원의 연으로 이어져갈 것이나
서로 발가벗고 안을 때부터
유효시간의 초침이 움직이는 것

쫄깃해진 면발과 스프는
그렇게 하나 되어 장렬히 숨져 갔다

사랑인 듯, 아닌 듯
그렇게 평생 있는 것보다는
자신을 모두 내어놓아
미칠 듯, 사랑하고 살며 가버렸다

사랑

숨 시린 밤에
하나 둘, 순수 혼으로
하얀 수줍음처럼 오시는 눈

가슴에 들어
어느새 녹아 사라지는 너
한 움큼, 정 두고

미어진 심정

커피잔을 탁자 앞에 놓고
서로는 말이 없었네
손끝으로는 조심스레
식어가는 잔 스치면서도

눈은, 눈동자는 취한 듯하며
사무쳤던 그대 바라보네
커피 마시는 게 아니라
서로의 사랑쯤 마시고 있는 듯

그동안 묵혀진 그리움에
두근거리며 심장 뛰고 있는 중
할 말보다 중요한 것
젖은 안타까움 안아주는 듯

어쩔 수 없는 촉촉한 보고픔
눈동자에 이슬 맺혀
그동안 너무 보고 싶었다
차마 입이 붙었나 보다

빗속의 오케스트라

비는 세상에 들려주는 음악이려오
지루한 공간 스쳐 내리며
메마른 세상의 터에 기쁨이 내려지고 있어
지나는 바람과 어울려서 세상 물들이며
푸른 잎 두드리니 오랜만에 비 맛보며 춤춰보네
호수 위 포말 일으키며
꽃잎 떨어지듯 신선한 생수 공급하는
빗소리, 바람소리는
떨어지고 스쳐지는 곳곳 물체마다 다른 음이 탄생해
자연 속에 적나라히 벗은 오케스트라
음파는 소리로 춤을 춘다는 의미로 나타나듯
부딪침에 따라 박자와 나름의 소리는 경쾌하구나
바람결에 악기의 활이 스치는 대로 소리가 바뀌고 있어
내리는 빗소리는 멍해진 이의 심장마저 두드려
웅덩이에 떨어지는 피아노의 소리는
샾과 플랫의 차이를 내고
대나무 목관 소리는 잎으로 주위의 공간 휘젓는다
아, 비가 오시니 숲의 운치는 소리의 예술
음표는 하나, 둘 모아져
장엄하고 위대한 자연의 시를 그대로 적어
다시는 똑같은 곡 들을 수 없는 새로운 곡 만들어
눈과 귀와 더불어
오감을 만족시키는 예술의 음질
속은 온통 젖었다, 비와 음률과 바람과 술에
다행히 인간의 목소리가 없어 좋으니
비의 속에 운치가 있고
바람의 속 낭만이 있지 않으랴

자연 시

시는
자연이 이루는 것

세월 가고 계절 바뀌어도
모두 그 자리에서

오랜 시간 꾸밈없이
온 정성 다해

개체 스스로 할 수 있는 내면
표현하는 것이네

인간은
그 위대한 뜻

자신의 생각으로 다만
글로 조금 옮길 뿐

난 그저, 마음뿐

그대를 바라볼 뿐이오, 눈빛 흔들린 채
은은히 나의 속 깊이 드는 향기에
가슴이 저절로 움직일 수밖에 없으니
언제까지라도 설레이며
푸른 임께서 다행히 부담의 눈짓 보내기 전에는
시간이, 생이 끝날 때까지라도
곁에 있어 달라면 그렇게 할 수밖에 없으오
무조건 그대 뜻에 따르고자 하는 심장의 주파수여
저의 뜻은 임의 곁에 있을 뿐입니다
그대를 보면 저의 심정이 우선 편안해지기 때문입니다
이 마음 드릴 수 있는 방법을 모르겠네요
무엇이라도 해야 할지 알려줘요
환한 그대 순수의 빛이
저의 그늘에 가려질까 염려되옵니다
바라는 게 아무것도 없습니다
그저 푸른 모습을 뵐 수 있다는 것으로도 좋아요
나만의 마음이라 해도 어쩔 수 없지만
오랫동안 속에서 머무르고 있던 마음이지요
혹여, 부담은 갖지 마십시오
그냥 계신 그대로 있으면 되오니
굳이 신경 쓰지 않으셔도 괜찮습니다

단지 저는 그대 곁에 있는 것으로 지극합니다
저에게 다가와 주시는 향기에 기쁘기만 하니까요
저의 마음 느꼈다 하더라도
물러나지 마시고 그냥 편히 계시면 되지요
아직 시간이 조금 남았다면 말이죠
혹여, 그러다 언젠가 낙엽처럼 어디로 떠나야 하신다면
저의 심정은 내려앉아 무척 아쉬워질 것이오만
그대께서 원하는 대로 하옵소서
저에 대해 조금도 염두에 두지 마시기를요
떠나는 연이 오는 연의 자리 비워주는 터일 테니
그날의 꽃도 속절없이 뜬 눈으로 멀어져 갔으니까요
그때마다 속으로 아쉬운 인연에 휘청거렸습니다
고운 임은 떠나기 위해 있는 것 같습니다
저의 심장 태우고 떠나곤 했으나
숨 내어놓고 죽도록 사랑아, 그까지는 못 간 것 같네요
아직은 붉은 피를 움직이니까요
나도 모른 채, 스스로가 심장 살리려 했을 것입니다
또 무언가는 저의 마음 움직이려 오겠지요
저의 속으로 왔다 간 이는 전부는 순수하였습니다
아름답지만도 고웁지만은 않아도
진실한 심정의 침묵의 주파수를 보내줬습니다

있는 그대로 자연스러움의 아름다움이지요
때로는 고왔던 이 어느 날 갑자기 나 몰라라 하였으나
가시는 발길 그마저도 이유가 있었습니다
제가 살아있을 동안은
저의 빈 가슴으로 들어오는 자연스런 순수의 뜻
내면을 떨리게 하는 수많은 숲의 생명
자연 세상에 있는 모두를 사랑하고 떠나렵니다
무위의 바위에서도 심장은 지극히 움직이니
순수의 세계에서 저의 마음 잠시 쉬어가는 것이겠지요
오늘 밤의 별빛도 아침에는 떠나시렵니까
창 곁에 살짝 부는 바람도 안녕하네요
부디, 잘 가시기 바랍니다
제가 더 잘해 드리지 못하여 미안합니다
오늘이라는 시간도 안녕히 가오
사랑한다는 것은, 차마 보내드리는 뜻인 듯
언젠가는 누구나 어느 무엇과, 세상과
이별해야 할 테죠

끝없는 수행

존재하며 최선의 수행은
자신을 넉넉히 무시하는 것

지극한 숨결은 있으나
자신이 지금 어디에 있는지는
스스로도 알 수 없는
무심에 깊이 스며 있음에

내면 속 뜻 하나 있으나
솟아오르는 세포가 없는 것은
심장은 뛰고 있으니
심연의 어딘가 무념 중인 듯

바람이고 싶은 수행이여
생사도 혼도, 감히 바람 되듯

생의 몫

태어나는 것만이 이 생의 몫은 아닐 것이지

시간의 흐름 속 인연이 스치며 살아오다
죽자고 사랑하며 지낸 임에, 배려와 위로이네

그대 지나간 뒤 꼬여진 흔적이나 사연
자신이 진심으로 인정해 풀려지는 실타래

해가 별을 불러 어둠 속 빛 남겨 갔듯이
꽃은 떠났다, 세상에 향과 미소를 남긴 채

나 살기 위해 사라져갔던 수많은 생에
어떻게 그 뜻을 받아들여 두 손 모아야 할지

고통, 기쁨의 굴곡 그어진 내 생의 나이테
스스로 어루만져 무심의 평온한 상태로

감사하며 떠나는 것, 비로소 생의 몫일 것이네

가을 이야기

이토록 생이라서

자연은 여러 생의 삶에 손 내밀어 줬다

언제나 한결같은 정으로

너무도 여리고 작은 나는 그저 살려고 했을 뿐

스스로 욕심으로 아프지 않으면 되었다

꽃처럼 나무처럼 풀잎에게는

비와 바람의 기운에 순수로 살아왔다

이렇듯 어우러 생은 숨 쉬는 중

밤낮으로 하늘의 빛은 여기가 낙원이라 알게 했다

더 이상 바랄 게 없었다

어느 내면의 숙성

설익은 속에 든 마음

쉬이 입술 밖으로 내지 마오

호감이 깃든 미소 외에는

하려 하지 않아도 자연스레 익어가는 정

너를 고요히 바라본 마음과 더불어

후일 되면 알려질 터

감이 빨갛다

침묵으로 머물러준 이의 우아

서로의 모습이 감미롭다

어느 때, 가끔

실오라기 하나 없이 누웠다
침대 이불 반쯤 덮었다

눈은 꼭 감았다
어차피 불은 다 껐어도

귀는 이어폰으로 막았다
음이 흐르고 있다

열린 창문 커튼 닫았으나
바람과 달빛이 밤의 손님이다

이틀의 휴식 시간 줄곧
나와 무아의 감각에 빠지리다

방 안 화초 내음이 난다
서로 인식하는 듯

더 입은 열기 귀찮은
침대 곁 물 한잔 있어도

멍하니 숨 이토록 쉬니
삶과 시간은 인식할 수 없다

여로(旅路)

모든 사라져 가는 이들에게는
그에 해당하는 합당한 이유가 있었을 터

그러하다면
오늘 살아 있는 사유는

죽어간 이는 살아 있는 이의 근황 알 터이나
숨 쉬는 이는 늘 숙성의 과정

민들레 홀씨

지금이 아니라면
아무리 숨 쉬려 해도
당최
숨 쉴 수 없다

태어나기 전이거나
떠나간 후
숨 쉴 가슴 없고
숨결의 바람 없는 탓에

가늠 활짝 열고
날개 펴
나의 자리 찾으며
바람의 공간 창공에서

지금 막
숨쉬기 좋은 때
세상의 바람 맞을 때
가능하다

홀로라는 고독

그저 단지
피부에 닿고 싶다
느낌에 스쳐 있고 싶다

나의 살이 아닌
남의 살갗에
스며 있고만 싶다

마음도 벗어
실오라기 하나 없는
멍한 그런 채로

언제 누군가에
스쳐 있던 먼 기억처럼
엄니의 체온처럼

무심한 채
욕망마저 없는 채
다만 그런 채로

어느 마음의 향기

애써 좋아하고
무던히도 사랑하는 그 고운 마음 어찌
저에게 고스란히 주려 하시나요
내가 받을 수 있겠나요 그냥 받아도 될까요
그대 품에 그대로 갖고 계시지 않고
꼭 저에게 주셔야 하나요
고운 맘 다 주고 나면
그대의 속에는 아무것도 없지 않겠나요
텅 비어 있어도 괜찮겠나요
아니라면
언제까지나 저에 대한 사랑의 마음이
샘솟듯 하나요
그리하여도 어느 날에는
속이 텅 빈 듯 외로워질 게지요
사랑하면서도 외로워지는 미친 감정이네요
내가 아닌 누구를 좋아한다는 마음 대체 뭘까요
가슴 속에서 만들어지는 순수 열정으로
애가 자꾸만 타들어 가나요
그대가 마음 저에게 다 보내주고는
쓰러질까 걱정되네요
저의 마음
그대 속에 채워 드려야겠군요
당연히 저의 마음도 맑은 뜻입니다
갚는 사랑이 아니네요
그대 진심을 잘 알면서도 제가 때로는
침묵하고 있을 때도 여전히
오랫동안 보여준 그대만의 정성에 감동입니다
그대 깊은 마음까지야 따를 수 없겠지만
저의 마음도 고스란히 드릴게요
고마워요
저를 사랑해줘서요

숨결에 대한 예의

미칠 듯 사랑하지 못했다면
그대여, 아직은
사랑한 것이 아니다

지난날 새로이 시작하고 싶다면
그대여, 아직까지는
세상 살 사유 많이 있을 듯

매미는 처절하게 울다
차라리 목메어 울지 못해도
이 시점에 숨결까지 생각지 않았다

쓰러졌다 일어날 때는 첫 경험
모든 사랑은 첫사랑
아침은 내 인생의 첫날

이번 생이 마지막이듯
모든 사랑은 이번이 끝사랑처럼
아직도 매미 소리 들리는 듯

꽃이 한 번의 사랑으로 끝이 났다면
자연은 이처럼 아름다우랴
숨 끝날 때까지 사랑

생명이 한 번에 끝났다면
숲의 세상은 이처럼 푸르르랴
쉼 없는 푸른 사랑

시월애

이 가을에는 모두가 그립다
그 누군가의 모습 보고 있어도
그리운 마음이 무언지

꽃이 져 갔던 들녘 응시하며
사라져가는 시간 그 길목에 서서

살아 있어 숨 쉬는 이 대지 위에
푸르게 숨 쉬어줬던 잎새
세월의 피부 고웁게 물들이고 있구나

어제는 비가 어루만져 주고
오늘은 바람이 속삭여 주었네

어쩌면 너마저 가버릴 것 같아서
가버리곤 다시는
돌아오지 않을 것 같아서

그대 지나온 시간의 모습 잘 알기에
네가 꼭 나인 것만도 같아서

너를 잡고 있었던 마음 한편에
그 누구의 탓도 아닌
아쉬움이 그리움 되는 정

바람에 춤추었던 시간 황홀했다
이 땅에서 숨 쉬고 싶었다

침묵의 예술

세월의 흐름 속에
착했나 봅니다
식물의 푸름처럼 순수했나 봅니다
속에다 모두 아듬었나 봅니다
품어온 그들은 상처를 내곤 아뭅니다
그곳에는 이슬이 맺힙니다
어둠도 빛도 이제는 품어줄 것 더는 없습니다
언젠가부터 속이 텅 빈 듯합니다
어느덧 가을이 오니 안락의 미소 짓습니다
속에서부터 타오릅니다
내려놓는 과정입니다
이제야 생이 절정인 게지요

비의 나그네

마른 바람이 불 때는
꽃향기를 맡아야 하겠지만
비가 오는 날에는
곡주는 마셔줘야 한다

꽃향은 혼의 친구여
곡주는 마음의 참 친구여서
생명에 대하여 배려다
스스로 그대에 이끌린 예우이다

비는 속에서부터 젖어온다
사막처럼 말라 왔던 탓
촉촉이 마음 어루만져지듯이
와 닿는 기척에 은근히 느껴본다

흐르는 빗줄기 속에서
떠나간 님도 오시고
지난 시간 추억처럼 여울져 내리니
가슴 주파수 고장이 났을까요

흠뻑 젖은 채, 쉴 곳 주막 찾아서
더하는 적적함 달래려
홀로의 나그네는 모여든다
불나방처럼, 하나 둘

이미 두엇 와 있다
곡주 내음 확 풍기는 주막 안
진한 삶 터가 여기다
젖은 시름 특유의 향이 나

세상의 일이란 게

가슴에 그대여 항시 있으나
인정은 비었다 채워지고
바다의 물결은 매번 바뀌어
파도는 갯바위 바라보네

하늘엔 세월이 없는 듯하니
구름은 모여서 흩어지고
밤하늘 별들은 신비 같아서
꿈으로 미래로 인도하네

대지에 꽃들은 줄곧 새로워
향기는 피었다 사라지고
공간에 바람이 채워 있으니
계절은 살아서 흘러가네

인생은 언젠가 떠나간다니
이제야 피부에 느껴지오
존재한 운명은 자리 떠나며
오시는 생명에 비워주네

잠시 서서

향이 유독 짙다
먼 곳에서 피워진 꽃인 듯한데
여기까지 오시었나

호수에
큰 돌덩이 떨어진 것같이
향의 물결이로다

그대의 유전자
굳이 알 필요는 없지만
세상을 밝히려는 뜻이었나 보구나

인간이 된들
꽃으로 피어난들
주어진 나름이겠으나

어찌, 온 세상 한가로이 흐르는
바람이 되지 못하였을까
수행 내내 무심

바람의 약속

세상의 많은 여건들이
차마, 어쩔 수 없이
그대 무심히 외면할지라도

오늘 그리고 내일
어느 모르는 이유라도
그대 아프게 하여 지나친다면

나, 모른 체하지 않으리
아무런 이유 없이
한 치의 주저함도 없이 말이죠

시간조차 가늠할 수 없는 세월 속에서
순수 혼의 숨결이여
세상 지켜온 바람의 정이여

그대의 땀 마르게 하리다
눈물 닦아 드리리다
부드러운 바람의 품에 안겨 주시려오

천년을 사신다면
혹여, 만년이라 한들 어떠하리
그대 곁 맑은 숨결 되리다

저에게 마음 주지 않아도 되오
그냥 편히 계시면 됩니다
애써 보답하려 마오

저는 저의 마음일 뿐
그대 곁에 신선함이 흐를 뿐
끝내 그대 지킬 뿐

무위(無爲)

자연 이치가 바로 도에 가깝듯
굳이 의식하지 않아도
그들은 천만년 세월 이어져 오며
속삭이듯 침묵으로 지냈네

숲의 표현은 곧 선이었어
옳음을 위하지 않아도
그들의 삶 자체가 이미 평화이니
세상 한가로운 이치 모두 그곳에 있는 듯

깊은 호수에 비친 숲의 반영은 무심히
아름다움 나타나는 듯
애써 무엇을 하려 하지 않았어도
야생의 그대 모습 그려지네

숲이 살아있는 하나하나의 세포는
비가 몇백 년쯤 돌아서 와 그처럼 내리듯
바람이 흐르는 무위로 행해지니
무심결 선은 이루어지고

자연스레 어우르는 정은
따로 일으키지 않는 심정이여
숲의 생과 바람은 친구
꽃 향이 피어나듯 자연스런 마음

나서기 전

글 좀 쓸 줄 안다며
섣불리 써 놓으니 모래성

검을 소유하고 있다고
조급히 휘둘러 자신만 베네

말은 입 안에 있어
내뱉기 전은 아침 이슬이여

빛나고 예리한 검은
검집에 빼기 전 더 무서운

비몽사몽

이처럼 절묘한 공간이려니

생도 아닌 채
꿈도 아닌 채

삶이 지겨우면 잠 속으로 빠져들고
잠에 취하다 깨어나면 현상이

술 취해 깨어나 세상이 못마땅하면
다시 술 마셔 취해버리듯

아,
숨 쉬는 공간이 있었구나
그래 그래야 살겠지

사랑도 그렇고
인생도 그렇다

어찌
이 세상 온통
맨 정신으로만 지쳐 살 수 있으랴

생에 답은 없어
누가 답을 줄 리도 없어

깨어나면 생이고
잠이 들면 무한 자유라네

숲의 아침

삶에 지쳐 있을 때
비와 햇살이 어깨에 앉으며

푸르른 숲의 생명과
바람의 혼이 일으켜 주었지

그들에게서 혼은
생의 진실을 마침내 들었네

푸르고서야 심장이 뛰고
흐르고서야 숨 쉴 수 있었어

인연 1

무심히
지나치는 것에
지극히 허용하라

그가
바람이든
비든

혹여 품에 드시면
가만히
젖을 수밖에

인연 2

기어코
가려 한다면
지극히 배려하라

그가
세월이든
꽃이든

떠나가는 것은
어찌해도
막지 못하는 것을

인연 3

같이 하고픈 맘
미치도록
그 속으로 들어가라

그가
자연이든
내 임이 되든

있을 때 최선인 것
붉은 심장
가고 나면 끝

꿈속 취한 채

어젯밤
꿈에

지상에서 술 한잔하다
꾼들에 꾀여

지옥에서 술잔 돌리고
천국에서도 술판 벌였던 바

아,
역시

이 땅에서의 곡주 맛이
최고였느니

묵은 향의 자리

올곧은 마음 하나면
능히, 천년을 사랑하고도 남는다

세월의 자리 지켜온 바위 곁에
오래 묵은 바람 스치듯

내 가슴 스쳐 떨리게 하였다면
생의 움직임 끝날 때까지 남겨지리

그 시간
가히, 천년이라 하리다

지금쯤 멈춰 서서

줄곧 나의 길 따라 걸어왔던 시간

때론 옆도 바라보며 가야 했지

흐르다 누구와 앞서려고 다투지 않았지만

생의 갓길처럼 걸어왔지만

뒤에 있는 누군가는 있었을 터라

날갯짓 어느 몸짓에서도

언제부턴가 굳이 나서기 없이 속도 줄이고 있다

세월이 문득 흘러 바쁠 것 없기도 하지만

주위의 스치는 이여 앞으로 가니 보기 좋아서

침묵으로 듣고 침묵으로 말해도 좋은

바람의 자리 그대에 내어 드리리다

예전에 저의 몫이 아닌 적도 있었으리다

이제는 그대의 몫입니다

편안히 가던 길 가시오서소

저는 바람 존재처럼 차마 없는 듯이

마땅히 감수하고 싶은 것

이렇게 아름다운 세상에
살고 있다는 것이
참 좋아서

가슴 속
작은 아픔 하나 있다는 것이
무슨 큰 대수랴

엄청 수많은 것 가진 생이
숨 쉬고 사는
자그마한 대가려니

새벽빛 밝아오네
비 오고 또 바람이 불어온다
꽃 피었더라

별리

바람이 울고 있다
한 움큼씩 밀려오는 쓸쓸함이여
차가워지는 들길 따라 흐르는 바람 세포에서
고독 스민 눈물이 맺힌다

사랑하였노라
순수하게만 살아가고자 한 그대여
가슴 구석에서 좋아하였노라
바람의 무심마저 설레게 한 그대 모습

푸른 가슴 푸른 생각으로만 살자
언제까지나 오래도록 같이 지내자 약속했던 너
눈만 뜨면 바라보았던 나의 사랑 잎이여
난 울음을 멈출 수 없네

색 바래져 가는 잎사귀
숨결이 가늘어지는 생이여
우리 젊었던 날 내내 하늘 쪽 공간으로
바람 손길 따라 안고 춤추었던 임아

맑게 살았노라, 그대 자랑스러워라
이 땅에 오고서 가지 않은 이 누구 있었더냐
색깔 좋게 늙었구나
눈물 삼키며 널 안아본다

터줏대감

바위는 천년 내려앉아서
부처보다 깊은 침묵
수행이런지

푸른 잎은 큰 바위 위쪽에서
흔들리며 그와 같이
빠져든 무아

구름처럼 오고 가는 먼 세월 속
하고픈 이야기는 없어
모두 흩어졌으니

바윗돌 사모한 잎은 그 옆
낙엽 되어 쓰러져 눕네
만상에 귀의

천백 년으로 무심히 살아서
존재의 뜻 표하니
참선의 하심

어느 사랑

저의 심정은
짙은 어둠에서 더욱
빛 밝히며 타오를 테지요
은은한 달빛으로 먼 당신께
비춰 드리게 될 테니

어느 날
구름이 저의 빛을
가리게 된다면
그대 가슴 속 이미 든 빛으로
밝혀 드릴 것입니다

제 숨이 다하는 그 순간에
빛을 잃는 사랑
제 삶의 확연한 기쁨은
사랑스러운 그대에
빛을 드리는 매 때입니다

미소 띤 그대께선
마냥 편안히
변치 않는 빛 받으시옵소서
임께서 소중히 주신 정의
반밖에 아니 돼 옴을

만추지절

가는 세월은 그럴 지고
떠나가는 임은 그럴 지나니

세상에는 떠나다 만 이 없을 터
그대 계절의 봉우리 서서

오셨다 가시는 인연에 감사하고
감미로운 시절에 기쁘니

남겨진 나그네는 그저
애꿎은 곡주나 즐겨 마실 터

부모와 자녀의 유전자

어느 하늘 맑은 가을바람 부는 날
쿵 하니, 개미들이 듣기에는 마치 천둥 치는 듯
밤송이 떨어지니 커다란 밤 한 톨은
산비탈 구르며 어느 편한 자리에 머무네

밤나무의 먼 조상의 잎이 썩어진 그곳
작고 여린 연녹색의 잎 피어나
비와 바람과 햇살은 따뜻이 감싸 주었으니
나무는 이제 부쩍 커서 밤꽃 피우네

씨앗은 소중히 떨궈 놨으나
그 씨앗의 생명력이 참 대단하구나
천만년 이어온 생명의 흐름 어느 시공 속에서
그 부모와 자녀는 세상의 한 부분에 있네

죽으면 모든 끝에, 기쁜 단 하나의 정
아들이라는 유전자는 남겨 놓아 다행인 생
지극히 자연의 순리대로만 살아왔음에
자연인이라는 위안으로 좋은 생

가을, 넉넉히 내려놓을 시간

먹고 마시는 것 조금은 줄이고서
그보다 더 맑은 바람으로 호흡하시고

늦게라서 피운 꽃의 열매는 부실하거니
욕정에 불타는 심정은 적절하게

나와 세상으로 향한 맘 적당히 내려놓아
자신에서 잠시 빠져나오기 좋은 때

여태까지 수많은 지식 알아 왔더라도
굳이 입 밖으로 내지 말고 조용히 묻어 두기

이른 가을은 수확의 생 만끽하는 시기
늦은 가을은 수확을 내리고 비워내는 시기

숲은 이미 유전자에 입력된 내리는 무심
성장보다는 내면을 단단하게 만드니

모든 끈으로부터의 멍하니 자유로
나에서 벗어나 다른 곳에서 자신 바라보기

갖고 있는 것 다 벗어 내려 두어도 좋은 듯이
겨울 나무처럼 순수 알몸 되는 준비에

색 바랜 잎 낙엽 되어 땅에 떨어지니
어느 생명의 자양분이 되어 주는 마음으로

자신의 모습은 어찌 평화로운가요
숲 속 식물의 모습처럼 평온한 순수 미소

뿌리의 생명력은 여전히 잃지 않아서
한 번의 생은 아직 명확히 진행 중

숙성의 사랑

숙성된 가을은
비우는 계절이라 하죠

하지만 당신만은
제 속에서
비우지 않기로 했습니다

텅 빈 속에서는
이미 임밖에 없으니까

좌우간 이별

떠날 수 없는 이유 충분했다
그대 지극히 내 속에 둔 까닭에
감히 그럴 생각도 못 했다

쓰다 만 소품이 아니고
먹다 남아 쉰 음식도 아닌 무엇은
오래되어 버릴 헌옷 아니었다

서로 눈물 함께한 사랑하는 이여
어떻게 버린다는 죄 같은 짓
차라리 나를 버릴 짓이니

그때까지 그랬다 무엇도 모른 채
허나 그녀는 나를 버렸다
그 이유도 난 자세히 모르나

꽃이 지고 바랜 잎 떨어진 후에야
떠나는 것은 죄 아니라는 것
가실 때가 되었다는 것을

겨울나무의 위안

난 스스로 위로해야 했다
서로에서 독립된 생명의 주체라

내 심장 안아줄 이는 더 없다
생의 자아는 어차피 혼자인 까닭으로

비 내리고 바람이 손잡아 줄 적
자연이 베푼 배려에 감사 잊지 않았지만

그 예전 엄니의 뱃속처럼
어딘가 둘러싸여 있고 싶은 홀로

결국은 자신의 속으로 스며 들어선다
심장 소리 곁에서 참 익숙한

세상 이끄는 진실

바람 부는 날
왠지 가슴이 멍하는 날
늑대는 길게 울었다

가족 지키려 울부짖었고
달빛 아래 정의를 위해 우뚝 서고
사랑에 취해 외마디 질렀다

스스로 당당했기에
누구와도 맞설 수 있었다
사악이라고 없다

그때 그리고 이때

나의 가슴에 안겨지지 않은 인연
다시 생각하며 굳이 이유는 알려 마오
그 순간 그대의 운이 아니었을 뿐

차갑게 멀어져 갔을 듯한 그 계절
무슨 일이 있었는지 끝내 몰라도 좋아
지금 살아 숨 쉬는 시절 인연 있으니

너밖에 없어, 라고 말하지 못했음을
스스로 자책해 가슴 아프지 마오
지금 주위엔 사랑할 게 참 많으니

어제의 세상은 보냈던 먼 기적소리
오늘은 새벽 창공을 나는 자유 혼
내일의 인연 또 가슴 속 저릴 터이지만

먼 곳 떠난 그대, 꿈에 나타나서는
살아있을 때보다 더 나은 건 없다 했지
이곳은 그대라는 생, 최후의 낭만

일장秋몽

친구와 둘이 배낭 여행하던 중
세상 어느 곳인 듯
흐르는 강물 바라보며
멋진 가을의 풍경 카메라에 담던 차
눈앞에 펼쳐진 안락하고 평화로운 세상이여
아, 이 모습에 난 점점 미쳐질 것 같아서
그 언젠가부터 머릿속에서만 이미지 형상화되어
바라왔던 그 모습 아니던가
생을 이런 곳에서 살며 마감하고 싶었던 곳이라
찡하며 머리에 경련이 일어난 듯 떨려오네
이곳의 시간은 멈춰 있고 나도 여기 머무르고 있으려니
난, 도저히 이곳을 떠날 수 없을 듯
바로 마음이 동하여
그 곁, 민박집에 배낭 내려놓고 우선은 일박을 청하네
영원히 살고 싶은 마음 살짝 염두에 두고서
이제 나무 마루 걸터앉아 곡주 한 잔부터 서서히 들이켜며
멋져 우아한 정취에 빠져들 일이 즐겁기만 하던 차
아, 한데 이게 웬일
순간적으로 스스로가 깜짝 놀란 것이
이런, 몸이 홀딱 벗어 벌거숭이인 채 아닌가
순간 멍하니 꿈에서 깨어...
아, 아아아
무엇이 속에서 사무쳤단 말인가
그래, 이토록 나의 모두 다 벌거벗겨서라도
자연 숲에 두어 늘 자연인으로 살게 하고픈 게야
그곳의 일부분이 되고 싶은지
그리하여 그들과 미소 짓고 싶은지
나 스스로는 끝내

111

침묵으로 쓰는 시

구태여 번거롭게 나타내려 하지 않았어
삶의 충만이라는 것은
내부의 뿌리에서 울려지면 되었네
스스로 혼이 만족한 시간이었으면 하였지
내면의 피가 솟아 자연스레 나타내어진 것뿐
스스로에의 감동이랄 것도 없는 생의 숨 쉼일 뿐
침묵으로 시를 쓰고 있었던 심장이여
보여주기 위해 살지 않았던 탓에
죽음에 이르는 숨결마저 담담하게만 표현되고
무심한 세월 받아 든 가슴 속 야생의 삶은 흔적으로나
붉게 색이 든 까닭 있는 본질의 잎이여

순수하면서도 있는 그대로 쓰여지는 삶의 시
고독의 원색은 애초에 붉은색인 것처럼
가을의 마음 안고 떠나는 이들은
붉게 타버린 잎의 핏줄마다에 절절히 쓰여진 생의
잊힐 수 없는 흔적이여
세상의 온갖 스침에 당당하였던 날
삶의 열정으로 끝내 쓰러질 수는 없었던
초연한 탓으로 작은 잎 구멍이라도 뚫어져 피 흘려도
모두를 내려놓은 시의 절규여

바람과 세월의 사연이 얼마나 스쳐 지나갔을까
창호지 보다 얇게 속이 훤한 생의 끝 잎 하나
한 가닥 남은 숨으로 생의 마지막 시간쯤 황홀하게끔
아직은 살아있음에
어느 때인가는 날개도 없이 떨어질지언정
기쁘고 아파하였던 시간 뒤로하며
이제 떠나려는 시간에서야 망각이 필요할 테지만
스스로 만족하였나요, 마치 꿈꾼 듯 님의 시절
세상의 사연 그 모두 받아들인 고고한 잎
침묵으로 쓴 그대 시심이여
천년을 쓰고도 다 못 쓴 생명의 시여

언약

오늘 하루만 사랑하기로 해,
평생 그렇게 하겠노라고 하지 말자
너무 굳은 맹세나 약속으로 하루의 무게가
마음이 무겁지 않게 편히 좋아하도록
그러며 그러하다 혹여
어떤 일에 의해 그 뜻 지키지 못할 때 생각해서라도
제발 영원히라고 말하지 말기로 해
그러고는 하루 동안만 함께하기로 하자
쉽게 내어놓지 못한 부담만 되었던 죽음처럼이라
사랑의 이름으로
서로의 가슴 무겁게 하지 마오
백발이 휘날릴 때까지 당신을 품에 안겠다거나
너의 무릎에 누워 영원히 잠들겠다고
감히 그러니 맹세라고 하지 말자
그러다 어느 때라도
감지되지 못한 마음 변화가 있게 되면
천 길 낭떠러지로 떨어지듯 제대로 살지 못할 테니까
임이여 너무도 생각이나
날마다 죽을 것 같아도 말이죠
결코 그대의 마음 의심해서가 아닌 것이네
위쪽의 태양은 어느 날 무슨 이유에선가

볼 수 없었고 따스함도 감추었으니
아래쪽의 꽃잎은 그렇게도 향기로 맹세하였건만
흔적도 없이 가고 없으오
이 세상 세월에 버틸 수 있는 마음이여
바람이 유일한 듯하니
오늘 우리에게 온 하루만 좋아하기로 하자
그리하며 내일이 오늘 되는 날
또다시 그 하루만
우리 미치도록 사랑하기로 하자
설령 가슴 저 깊은 곳에서는 영원히 그대여
내 속에 두고픈 마음이라 할지라도

고독, 자유의 그림자여

칼날 위, 아슬아슬한 줄타기의 향연
한쪽은 고독이 한쪽은 자유가

자유를 얻으려면 먼저
고독에 뜨겁게 인사는 해야 할 듯

고독 품지 못하면서 자유는 맛볼 수 있으랴
홀로의 자유는 결단코 없네

불멸의 두 감정은
바다처럼 깊은 심연 속에서 피어오르며

영원히 함께하여야 할 짝
서로 운명의 미소로 감지하고 있어

적막한 어둠 속에서 서로 절실히 껴안는
자유의 그림자는 고독

겨울 준비

옷 가게 인형
멋지고 따스하게 입었네

졸고 있는 가로등 밑으로 오가는
두툼한 외투 자락

기와집도 초가집도
따스한 군불 연기 피어오르는데

산등성이 나무
잎 하나 떨어냈을 뿐이네

나, 안아야 할 때

잎이 떨어진다고
생이 끝나는 것 아니고
순수가 사라지는 것도 아니다만

나무는 이제 자신 스스로를
꼭 껴안아야 하네

산다는 것은
나를 안아야 한다는 것일 게야

언제 어디서 일지
소낙비는 맞으면 되나
심정이 날개도 없이 무너져 내릴 때는

스스로의 품에
자신 간절히 안아야만 하리

쓰러지려 할 때
혼자이니

내, 나를

끝나지 않은 적과의 혈투

놈은 좀처럼 움직이려 하지 않는다
눈 감고 주위를 민감하게 느끼고만 있어
대어는 깊은 곳에 놀듯, 선수다
몇십 년간 속을 긁어 상처만 내고 있네
어떤 불붙은 열정도 차가워진 감정도
먼 예전에 눈동자의 습기로 모두 떠나갔건만
이놈은 배 붙이고 웅크리고만 있다
생명의 끝, 숨 하나 끝내 내쉬며

그러다 한때는 무엇인가 뒤틀리는지
온 속을 완전히 뒤집어 놓는다
그럴 때는 저도 나도 쓰러질 수밖에 없으니
그놈 하나 잡아낼 수 없네
한때 생명을 낚는 것은 않겠노라며
낚싯대 가방 통째로 버린 지 어언 삼십 년
하지만 너만은 잡아야 나 살 수 있어
잔잔한 내면의 호수로 있고 싶어

몹시 아픈 어느 날인가는
이제 좀 나가주셔도 된다 하니
자기가 나가버리면 육신은 곧 쓰러진다나
대책 없이 아주 나쁜 고독이란 놈이다
언젠가 숲의 향이라는 분께서 들어와 사시면
묵은 자리 기꺼이 비켜는 주리나
한쪽 구석에 자리하여 있어야 한다니
놈과의 전쟁은 언제 끝이 날지

숲의 조화 속에서

나의 생이 오늘 무척이나
기뻐하며 지내왔기에
모르는 어느 반대쪽 그곳에서
혹여나 아픔이 있으련지

자연의 섭리라 하리까
모두가 좋을 수 없는 이치라서
음과 양으로 이루어진 세상
하나는 어둡고 한쪽은 밝으니

나의 기쁨이 어느 누구에
아픔의 요인이 될 수도 있다면
결코 많이 기쁘고 싶지 않네
사는 게 담담하고 싶어

세워져 있는 생명도 흐르고
눕혀 있는 물도 흐르는 중
숲이 사는 평화로운 기운으로
함께 어우른 배려의 기쁨

겨울 이야기

숨 머무를 자리

세상 홀연히 태어나
나그네 되어
이 한 목숨
붉은 심장 송두리째
바칠 곳 찾아 유람했으나

숲 속에
이내 목숨 바치게 될 듯하네
혹여 어느 곳
어느 숨결의 가슴이
있었을 터이나

하얀 그리움

임은
그렇게도 그리운 걸까
이 땅의
예전 그 정분은
가고 없는 줄 알면서

오고
또 오고
해가 바뀌어도 오시고
그러하듯 그리움은
아예 잊혀지지 않는 하얀 눈

한가로이
예전 모두는 잊은 듯이
하얀 그때 모습으로
소복이
사랑 내리는 당신

먼 날
가버린 젊은 청춘의 시간
그 기억처럼
가슴으로 드시네요
그대는요

수행의 터

푸른 숲의 움직임
천 번쯤 마주하다 보니
천 개의 시름은 참
씻어지는구나

사모하였던 꽃과 잎
가슴 창가에 드니
묵혀진 속에서 피어나는 듯
웬 향이, 글쎄

이 땅에 유독
자주 마주하고팠던 너
그대 보여주는 순수 길 따라
번민의 생 한가로워

사연 흐르는 세상 속
어지러운 심신은
푸른 향기에
못내 고요하기만 하니

차마 잊을 수 없다는 뜻

그립다는 것은
나도 모르게 제 혼자서
시도 때도 없이 생각나는 것이다
세월의 강물 거슬러 오르며
그때의 순간을 안고 불쑥 나타나는 것이라
때때로 비가 내리듯 속을 적시고
바람처럼 왔다 가슴 뻥 뚫어 놓고서는
횡하니 사라지는 것이라네
허상에 그렇게 허탈감 맛보면서도
그대의 인식은
차마 잊지 못하는 것이다

그대는 정녕 누구련지
기어코 떠오르게 하는 뜻은
그대의 따뜻했던 손길이 스친 자국
마음이 속에 머물러 쓰다듬어 주신 흔적에
가슴 세포는 낱낱이 알고 있어
되돌리고자 아닌
다만 그립다는 것이
지독한 몸살 앓게 하는 병이려니
속으로 달래는 고요한 아픔이라 어떠한
치료 방법이 없다는 게 불치다
기억의 세포와 심장은 아직도 사랑 중

순간의 존재

꽃
번잡한 세상 속
순수 아름다움의 극치
수행하듯 황홀한 사랑 늪에 빠져
자비의 잉태
세상 번민 풀어주듯 향기의 생
그런 탓에 도무지
그대 없이는 슬픈 생의 터

이슬
이 땅의 어둠 속 깊이에서
혹시 모를 야생의 고독인들 품어
공간 속
순수한 기쁨 모아
지상 위의 생명수로 되었으니
온갖 번뇌마저 소멸된
해탈의 극치

순간
꽃의 시간이 끝나기 전까지는
이슬이 낙하하기 전에는
제 생명의 형태이지
아직은 영롱한 우리들의 세상이다
바람을 즐기렴
숨 깊게 쉬어가렴
이 순간이 살아있는 생이다

흉내 내기

바람의 가슴 되어
세상 무한히 흐르는 무심한 배려로
수행해 가는 포용의 길

보이며 스치는 그 모든 것에
이유 없는 무작정 이해로
그저 무심한 듯

짙은 안개 속에서

죽도록 사랑했던 널 잊었다
다시는 더 생각하고 싶지 않았다
행복한 기억마저 지웠다
슬플 때나 기쁠 때나
생의 한숨마저 감싸주었던 너
처절히 헤어져야만 했다

키스로 속까지 입김 마셔 담을 때는
살 떨리는 쾌감 주더니
고독마저 어루만져 주던 연기
차라리 운명이었다고
너 없이는 세상 못 살 것만 같았다
죽을 때까지 함께 할 것 같았다

시간이 날 때마다
너의 육신 빨갛게 불태웠던 열정으로
신음소리는 뼈가 녹는 소리
침대에 가장 편히 누워
실오라기 단 하나 걸친 너의 육신
입술 닿을 때면 더욱 황홀했지

30년 전에 널 버렸다
오로지 나만의 의지로 끊었다
넌 굳이 매달리지 않았지
영원한 고독 달래준 너
그러나 곡주는 차마 버릴 수 없었고
흡연은 절대 더 할 수 없었다

심연의 깊이에서

심장이 외롭지 않다면
그 무엇도 제대로 느낄 수 없다

이렇게 별 아무것도 아닌 듯
세월 지나가곤 해도

무언지 있을 것 같은 생
고독감 느껴보지 못했다면

살아있다는 감각 느낄 수 있을까
생명이 존재한다는 뜻의

바람은 공허함 느끼지 못해도
생명이 아닌 다음에야

언제부턴가 긴 어둠의 그곳에서
연꽃 향기 피어나곤 해

살며 씻으며

꽃잎이 떨어져 갈 때까지
그리움이 끝내 사라질 때까지
숨결이 멎을 때까지
다시 오지 않을 것처럼
몸 씻으며

무심히 바람이 되고
내리는 비가 되어보기도 하는 거네
푸르른 식물이 되기도 하여
오롯이 순수의 그들인 것처럼
마음 씻으며

숲의 기운으로 씻어내어
생명의 가치 되돌려 떠나야겠지
아픈 흔적은 그대로 괜찮아
인생 고이 산 것처럼
혼 씻으며

무한정 자연 사랑

일 년 마지막 카드 다 썼으니
또 입금 시켜야 해
그리하여 무엇이라도
새로이 시작할 수 있으니까요

하지만 말이죠
자연 세상의 배려는 무료이죠
내일이면, 1년이란
새로운 카드가 주어지니

일찍이 무한 혜택이죠
숨 쉬는 것부터
눈 내리는 아름다운 세상 끝나면
꽃 피는 봄이 오죠

비와 바람은 사랑이요
밤과 낮의 빛은 자비이죠
그러면서도, 어찌
한결같이 변치 않는 겸허이죠

보이는 숲 속의 모습
순수로부터 사랑스러우니
참 아름다운 세상에 살고 있죠
한 번의 삶, 즐겨야 하죠

팥죽

음한 기운의 밤이 가장 긴 날에

어머니는 죽을 쑤셨어

당신의 수고스런 피를 섞어

애정이 가득한 엄니의 뽀얀 젖 넣어

가족의 무탈 위하며

이어가는 염원

나 혼자라면
차라리 하지 않았으리라
어느 죽음보다 소중한 가치
분명 있을 것이지
생이든, 뜻이든
나타나 흐르며 사라지는 곳에는

높디높은 감나무 위
아직 생이다
떨어지지 않아 숨 쉬니
누군가, 나 취하라
까치든, 어느 생이라도
나는 먼저 간 잎의 남은 생이다
누구엔가 내가 필요하다면 말이죠
햇살의 구애에 부끄러워 볼이 빨개졌어
달빛에 꿈을 꾸어 달달해
바람의 어루만짐에 피부는 매끄럽지
그대 나를 품어 드세요
벌거벗어 드려요
하지만
씨앗은 남겨주세요
마지막 남은 생의 이음이니

숲의 생은
어느 때라도 끝이 시작이다
너 가는 곳 나의 숨이다
순수 이치에 따라서
나는 죽어도 좋다
죽음이 정의에 의하기 때문이니

그곳에는 무언가 있어

어느 날
왜인지 잘 모르지만

평화로이 살려는 이들은
모두 숲으로 갔다

저 아래 있는 그들은
어찌 다투고 있는 것 같아

그곳으로
가야 할 것 같아선지

사무쳤기에

아직 가을인 것 같기도 하여
이제 겨울인 듯
어느 시절이라 딱히 하지도 못하여
어중간한 그 사이로
바람이 지나간 흔적의 낙엽 위로
비가 내려

우리의 인연은 마음에 있으니
결코 잊은 적이 없으나
때로는 서로 무관심한 정인지 모르는
오묘한 감정 사이로
가끔은 마른 그리움 일어선 곳에
비가 스며

오는 비는 언젠가 끝이겠으나
가을은 떠나겠으나
지나온 날이 어찌 없을 수 있겠으며
흔적이 어이 사라지려나
가신 듯, 남겨진 듯, 아직은 아닌,
가슴이 젖어

깡패 정의

고기를 자르려 내려친 칼에
도마가 두 동강이 나버려

진정한 정의는 순조로운 것
배려 없는 정의는 교만의 극치

저울에 바람과 비를 올렸더니
서로는 팽팽하니 무한 겸허

별빛 내리듯, 햇살 머물듯
어둠의 곳에 빛이 되었으면

숲에는 법이 없고 이치는 있어
반칙 없는 순수의 정의

정의는 無爲로 이루어지는 道
하려 하지 않은 올바른 길

빚 갚으며

그대의 싱그러운 생이
이처럼 화려하라며 꽃은 피었네

목이 마를까, 애써
비를 내리니 목 좀 축이시며

홀로 외로울까, 운명처럼 인연 마련해
어찌 짝마저 있게 하였으니

살며 흐르며 스스로 증명하시라
오랜 시간 우리 사랑해 주었던 자연처럼

이제 그대의 몫이 남겨졌네
세상 모두를 사랑하며 살아도 좋은

꽃이 되든, 비가 되든, 바람 되어
세상의 숨이 되어도 좋아

세상에 기쁨만 있는 것처럼
쓸쓸함 같은 뜻이 없는 것처럼

집착에서 벗어나 허공에

바람과 연꽃이 시절 마주하니

연꽃은 더러움에 물들지 않으나 바람을 품고

바람은 집착에 젖지 않으나 꽃향 품으니

서로 먼저랄 것도 굳이 없었으리다

자유스러운 맑음의 본성으로 스스러움 없으니

바람에 연의 고풍스런 향기는 스미고

꽃잎에 신선한 기운이 스며드니

하늘 아래 존재하는 이유로 필연의 어우름이거니

인연의 꿈, 모든 이들이 꾸지 이 세상 있다면

서로의 맑은 세포 자연스레 하나 되니

이들 역시 사랑이라 불러 좋으리다

한밤의 포옹이든 스치는 포옹이라 하더라도

지상에서 누군들 모르는 새에

스프와 면은 하나다

서로가 풍긴
오랜 내음
혹하지 않았으랴

옛부터
같이 한방에 기거한 지
오래이나, 이제

속옷 내려야 하니
새삼 부끄러움 잊은 채
벌거숭이 되어

속이 끓는다
서로는 부둥켜안아
하나가 되어 소리는 요란해

너구리 제맛 내려
고이 모셔둔 쌍방울 두 개
모자란 듯해서

빳빳한 땡고추 카리스마
모른 척
은근히 넣었더니

그녀는 땀내며
꿀맛처럼
숨이 막히는 듯해

관조

글 쓰는 것도
일종의 말 일진데
입은 닫았으나
쓸데없는 말이 많은 것 아닌지

되려
할 말이 많은 듯한
그러면서 침묵하고 있는
가을의 정취만 느끼면 될 것을

심장만 뛰게 두어
별 움직임 없이
생의 고독과 화려함 안고 있는
숲속의 의미, 느낄 때

엄마 생각

이 세상
엄마 생각이

내 속에 들어오기
제일 쉬워

들숨처럼
가슴 깊숙이

수행

마음 내려놓는 것, 수행이듯
글 쓰는 것, 수행이니

나그네 숲길 돌아섬이, 수행이여
한잔 넘긴 술, 오늘의 수행

어느 무엇을 배려하는 게, 수행
살아가는 생, 줄곧 수행

단지

서로 향한
숲처럼 푸른 마음

어디에 계시든
계절처럼 변하더라도

심어둔 가슴 속
한결같은 숲의 향이

문득문득
그리움 일지라도

바람의 나그네

박철원 시집

2023년 2월 20일 초판 1쇄
2023년 2월 23일 발행
지 은 이 : 박철원
펴 낸 이 : 김락호
디자인 편집 : 이은희
기 획 : 시사랑음악사랑
연 락 처 : 1899-1341
홈페이지 주소 : www.poemmusic.net
E-Mail : poemarts@hanmail.net

정가 : 12,000원
ISBN : 979-11-6284-429-8